W9-BIQ-689

Papel certificado por el Forest Stewardship Council®

Título original: *Red Knit Cap Girl*
Primera edición: octubre de 2018

Las ilustraciones para este libro fueron realizadas en acrílico, tinta y lápiz sobre madera contrachapada.
Diseñado por Saho Fujii and Neil Swaab

Printed in Spain – Impreso en España

ISBN: 978-84-488-5101-9
Depósito legal: B-16589-2018

Impreso en SOLER
Esplugues de Llobregat, Barcelona

BE 5 1 0 1 9

Penguin
Random House
Grupo Editorial

POPPI, LA NIÑA DEL GORRO ROJO

por

NAOKO STOOP

En el bosque, hay tiempo para maravillarse de todo.
Poppi, la Niña del Gorro Rojo, se maravilla con las flores,
las mariposas, las hojas y las nubes.

Pero por encima de todo, Poppi se maravilla con la Luna.
"¿Podría acercarme lo suficiente a la Luna para hablar con ella?"

"Quizá podría alcanzarla de esta manera."
Lo intenta, pero la rama no es lo suficientemente larga.

"¿O quizá podría alcanzarla de esta otra manera?"
Pero la Luna no está en el agua.
Solo es un reflejo.

Parece que la Luna está demasiado lejos.
La Niña del Gorro Rojo suspira.

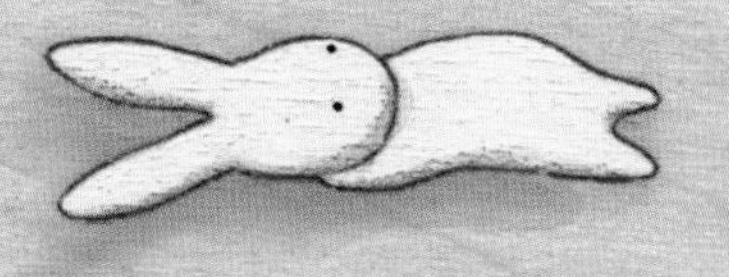

Después de un rato, viene el Erizo.
"El Búho lo sabe todo", dice.
"Pregúntale a él cómo alcanzar
la Luna."

"¿Dónde podemos encontrarle?", le pregunta.

"Está en el hueco del roble más viejo."

Poppi sujeta con fuerza al Conejo Blanco.
"Señor Búho, tenemos una pregunta
para ti."
El Búho no contesta.

La Niña del Gorro Rojo lo intenta de nuevo.
"Por favor, Señor Búho, ¿puedes decirnos cómo podemos acercarnos lo suficiente a la Luna para poder hablar con ella?"

El Búho sale lentamente y dice:
“La Luna está demasiado lejos para llegar hasta ella, pero si quieres, ella se agachará para escucharte.”

“Pero, ¿cómo sabrá que la estoy esperando?”, pregunta Poppi.

“Encontrarás una manera.”

El Búho sonríe y echa a volar con sus alas silenciosas.
La Niña del Gorro Rojo piensa por un momento.
Sabe lo que tiene que hacer.

“Atención todo el mundo. Tengo una idea. Tenemos que demostrarle a la Luna que la estamos esperando”, dice Poppi.
“Esta noche, cuando salga, ¡hagamos que sea una fiesta!”
Sus amigos están encantados.

Hablan de lo que le gustaría a la Luna.

“A la Luna tal vez le gustan
los adornos”, dice el Erizo.

“Yo puedo colgarlos porque
soy alto”, dice el Oso.

“Yo puedo ayudar porque soy
ágil”, dice la Ardilla.

Poppi hace linternas de papel, y todos ayudan a colgarlas.

and oak
a beautiful tall
description of
Yes, we
extraordinary

Al anochecer, encienden las linternas de papel
y se sientan en una rama a esperar a la Luna.

Juntos, cantan a la Luna mientras la esperan.
Esperan y esperan que la Luna aparezca.

Pero la Luna no se deja ver por ningún lado.

"Es extraño", dice el Erizo.
"La Luna siempre sale por la noche."

"Puede que sea demasiado tímida", dice la Ardilla.

"Puede que se haya ido a otro lugar", dice el Oso.

"Deberíamos esperar un poco más",
dice la Niña del Gorro Rojo.

Pero solo hay silencio.

De repente, oyen al Búho desde lo alto de una rama.
"La Luna está allí."

"Señor Búho, si la Luna está allí, ¿por qué no podemos verla?"

Justo en ese instante, una ráfaga de viento
apaga una de las linternas de papel,
y una estrella aparece en el oscuro cielo.
"¡Ah!", exclama Poppi.
"¡Sé lo que hay que hacer!"

Se da la vuelta hacia sus amigos.
"Atención todos, por favor estad en silencio
y respirad profundamente.
Ahora, ¿estamos todos listos?"

"¡SOPLAD!"

En el momento en el que las luces de las linternas se apagan,
todo el bosque se queda oscuro y en silencio.
Y...

...la Luna por fin sale.
"¡Aquí estás!", dice Poppi.

La Luna sonríe y dice:
"Has hecho que sea suficientemente oscuro para verme, y suficientemente silencioso para oírme, Niña del Gorro Rojo."

La Niña del Gorro Rojo susurra a la Luna.
La Luna sonríe discretamente.
Juntas, escuchan los sonidos del bosque.

Ahora Poppi sabe que la Luna siempre estará ahí para ella.